Mins Sbei

LLOERIG

Siân Lewis

**Darluniau gan
Sue Morgan**

Argraffiad cyntaf—1998
Ail argraffiad—1999

ISBN 1 85902 534 X

Cyhoeddwyd dan gynllun comisiynu Cyngor Llyfrau Cymru.

Dymuna'r cyhoeddwyr gydnabod cymorth
Adrannau Cyngor Llyfrau Cymru.

Argraffwyd gan
Wasg Gomer, Llandysul, Ceredigion

Bochdew oedd Mins.

Roedd e'n byw mewn cawell yn stafell fyw Sali.

Weithiau roedd
yn rhedeg ar ei
olwyn.

Weithiau roedd yn
bwyta.

Weithiau roedd yn cnoi papur yn
ddarnau mân, mân. (Dyna sut cafodd e'r
enw 'Mins'.)

Ond fel arfer roedd
e'n cysgu yn ei nyth.

Am fywyd tawel!

Yna un diwrnod daeth ysbïwr i mewn i stafell Mins.

'Helô, Mins,' meddai'r ysbïwr mewn llais dwfn. 'Ysbïwr ydw i—sbei. Rwy'n cripian ac rwy'n cuddio. Wyt ti am fod yn sbei hefyd?'

Gwthiodd Mins ei ben o'i nyth. 'Iiiiich!' gwichiodd.

Roedd gan yr ysbïwr het werdd, gwallt melyn, barf hir, sbectol dywyll a thrwyn ENFAWR.

'Iych! Na, dim diolch. Dwi ddim eisiau trwyn fel 'na,' meddai Mins wrtho'i hun.

Ac fe neidiodd yn ôl i'w nyth.

'O, Mins,' meddai'r ysbïwr mewn llais gwahanol. 'Paid â bod mor ddiflas. Dere i chwarae gyda fi.'

Sbeciodd Mins o'i nyth unwaith eto. 'Iiiiich!' gwichiodd.

Roedd yr ysbïwr wedi tynnu'i sbectol—daeth y trwyn yn rhydd hefyd!—a gwenodd wyneb bach siriol ar Mins.

'Fi sy 'ma,' meddai'r ysbïwr.

'Am sioc!' meddyliodd Mins. 'Sali yw hi!'

'Mins, dere i helpu fi,' meddai Sali.
'Mae gen i waith pwysig i ti.'
    Tynnodd ddarn o bapur o'i phoced.

Roedd sgrifen ar y papur. Darllenodd
y sgrifen i Mins.

I Sali Sbei

Dere i gwrdd
â fi yn yr ardd
gefn am bump
o'r gloch.

Oddi wrth

Bethan Sbei

'Neges ddirgel yw hon,' meddai Sali.
'Rhaid i fi gael gwared ar y neges cyn
i neb arall ei darllen. Wnei di gnoi'r
neges i fi, Mins?'

Dododd y neges ddirgel ar gawell
Mins. Cododd Mins ei drwyn. Sniffiodd.
Tynnodd y neges drwy'r barrau. Clic-
clic-clic-clic. Mewn dau ddeg eiliad a
hanner roedd y neges yn ddarnau mân.
Cwympodd y darnau ar nyth Mins ac
eisteddodd Mins arnyn nhw.

'O gwych, Mins!' meddai Sali. 'Rwyt
ti'n help mawr i fi.'

Cododd Sali'r bochdew o'i gawell.
Mwythodd hi Mins. Dododd yr het werdd
ar ei ben. Fe gawson nhw hwyl yn
chwarae pob math o gêmau gyda'i
gilydd.

Pan oedd y ddau'n chwarae cuddio,
daeth cnoc fach dawel ar y drws.

Agorodd y drws a chripiodd ysbïwr arall i mewn. Roedd gan yr ysbïwr hwn farf ddu, sbectol dywyll, trwyn ENFAWR, cap du a gwallt coch.

'Bethan Sbei yw hon, siŵr o fod,' meddai Mins wrtho'i hun. Cripiodd Bethan Sbei ar draws y stafell. Gwthiodd neges ddirgel i law Sali ac i ffwrdd â hi heb ddweud gair.

Darllenodd Sali'r neges.

Dere â
photel
o bop.

Yna rhoddodd y papur i Mins.
Clic-clic-clic-clic. Malodd Mins
y neges mewn un deg pump eiliad.

'O ardderchog, Mins,' meddai
Sali. 'Does neb tebyg i ti am gnoi
neges ddirgel.'

Roedd Mins wrth ei fodd.

Roedd e'n hoffi bod yn ysbïwr wedi'r cyfan.

Doedd e ddim eisiau mynd yn ôl i'w
gawell i fyw bywyd tawel.

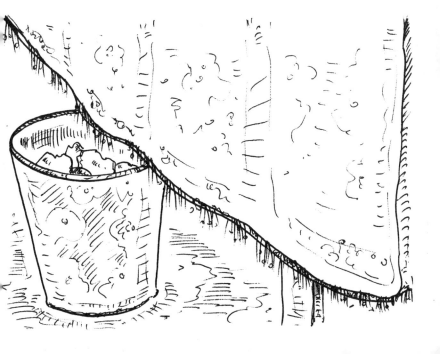

Tra oedd Sali'n gwylio'r teledu, cripiodd e ar draws y stafell. Sniffiodd o dan y celfi. O dan y soffa fe ddaeth o hyd i ddwy neges ddirgel. Malodd Mins nhw ar unwaith. Am hwyl!

Ysgol Llansant
NOSON GOFFI
Ebrill 28
am 6 o'r gloch.

A. J. REES: Deintydd

Enw: *Sali James*

Apwyntiad nesaf:

Ebrill 30 am 10 o'r gloch

Ar y llawr yn ymyl bag Mam roedd neges hir, hir.

Cliciodd dannedd Mins fel teipiadur a diflannodd y neges mewn chwinc llygad llo. Doedd Mins erioed wedi cnoi mor gyflym.

Roedd e'n disgwyl i Sali weiddi dros y lle, 'O, ffantastig, Mins!'—ond ddwedodd Sali 'run gair. Roedd hi wedi diflannu ac roedd y sbectol a'r trwyn wedi diflannu hefyd.

'W! Ydy hi'n bump o'r gloch?' meddai Mins. 'Falle bod Sali wedi mynd i gwrdd â Bethan Sbei. Rhaid i fi fynd i helpu nawr.'

Rhedodd Mins i'r cyntedd. Yno fe welodd e Sali Sbei yn cripian o'r gegin a photel o bop yn ei llaw.

Daeth Mam ar ei hôl. 'Rwy'n mynd
draw i weld Mrs Jones, Sali,' meddai
Mam. 'Fydda i ddim yn hir.'

Ddwedodd Sali ddim byd. Cripiodd
allan o'r tŷ. Ar ôl i Mam fynd, cripiodd
Mins allan hefyd.

Cripiodd e drwy'r drws ffrynt.

Roedd Sali wedi gadael neges ddirgel ar garreg y drws.

Malodd Mins y neges ar un gwynt, yna allan ag e i'r ardd.

'O, waw!' meddai.

Roedd yr ardd yn llawn o negesau
dirgel ar brennau bach, mewn rhesi taclus.

Safodd Mins ar ei goesau ôl. Tynnodd
y negesau o'r prennau, rhwygodd nhw
a chnoi a chnoi a chnoi. Disgynnodd y
darnau o bapur fel conffeti dros yr ardd.

'O, 'na hwyl!' meddai Mins. 'Nawr be
nesa?'

Edrychodd o'i gwmpas a gwenodd yn
hapus.

Roedd e newydd weld ysbïwr arall.

Roedd yr ysbïwr hwn yn sefyll wrth y
gât. Roedd e'n syllu ar ddrws agored tŷ
Sali. Roedd ganddo gap gwlân streipog
ar ei ben, gwallt brown, barf frown,
sbectol dywyll a'r trwyn mwya a welodd
Mins erioed. Ar ei gefn hongiai hen fag
brwnt.

'A-ha!' meddai Mins. Trwy dwll yn y bag roedd e wedi gweld neges ddirgel.

Cripiodd yr ysbïwr drwy'r gât.

Cripiodd ar hyd y llwybr.

Curodd yn dawel ar y drws.

Dim ateb.

Cripiodd yr ysbïwr i mewn.

Cripiodd Mins i mewn ar ei ôl. Roedd yr ysbïwr wedi gadael ei fag ar y llawr ac roedd y bag yn llawn o negesau dirgel.

Gwthiodd Mins i mewn i'r bag ar unwaith a dechrau cnoi.

'Aw!' gwichiodd eiliad yn ddiwedd-arach, pan ddisgynnodd wats aur Mam ar ei ben.

'W!' meddai wedyn, wrth i gadwyn Mam a'i phwrs lanio arno. Ond, er i ragor o arian a thlysau ddisgyn ar gefn Mins, fe ddaliodd ati i gnoi.

Allan yn yr ardd roedd Mam yn dod
yn ei hôl.

'Beth yw'r llanast 'ma?' galwodd ar
Sali. 'Pam mae papur dros yr ardd? Beth
wyt ti wedi bod yn 'i wneud, Sali?'

'Dim,' meddai Sali. 'Dim ond chwarae
ysbïwyr.'

'Ysbïwyr?' meddai Mam.

'Ie,' meddai Sali—
ac yna fe gofiodd hi
am Mins. 'O!' llefodd.
 'O!' meddai Mins
hefyd wrth i'w
ddarnau papur
ddisgyn drwy'r
twll yn
y bag.

Roedd yr ysbïwr
newydd roi'r bag
ar ei ysgwydd
a chripian y tu ôl
i'r drws.

Rhedodd Mam a Sali heibio.
Gwelodd Mins nhw'n rhuthro
i'r stafell fyw.

'O, na!' llefodd Sali. 'Mae Mins ar
goll. Anghofies i ei roi'n ôl yn ei gawell.
Ble wyt ti? Mins! Mins!'

'Fan hyn,' chwarddodd Mins. ''Drych-
wch. Rwy newydd orffen cnoi'r papur.'

Dechreuodd ddringo drwy'r twll
yn y bag, ond roedd yr ysbïwr
yn symud.

Roedd e'n cripian allan o'r tŷ,
ar hyd y llwybr ac allan i'r stryd.

'O, mae Mins wedi mynd allan drwy'r
gât,' llefodd Sali. ''Drychwch! Mae darnau
papur ar y llawr. Mae e wedi dringo i
fag y dyn 'na.'

Roedd Mam a Sali'n rhedeg.

Dechreuodd yr ysbïwr redeg hefyd a'i fag yn ei freichiau.

'Stop! Stop!' gwaeddodd Sali a Mam.

'Stop!' gwaeddodd y bobl ar y stryd.

'ALLAN O'R FFORDD!' rhuodd yr ysbïwr.

'W! Mae hwn yn ysbïwr da,' chwarddodd Mins. 'Mae e'n swnio mor ffyrnig. Ches i 'rioed y fath hwyl!'

Stryffagliodd drwy'r twll yn y bag a gwenu ar yr ysbïwr i ddangos mor falch oedd e.

Ond wnaeth yr ysbïwr ddim gwenu'n ôl.

'All e ddim gweld,' meddai Mins.
'Mae'r sbectol yn rhy dywyll a'i drwyn
e'n rhy fawr. Fe dynna i nhw i ffwrdd.'

Cododd Mins ar ei draed ôl. Agorodd
ei geg. Estynnodd at drwyn
yr ysbïwr a chaeodd ei
ddannedd . . .

. . . yn DYNN!

'AAAAA-AAAW!'

Tasgodd Mins i'r awyr wrth i'r ysbïwr ruo fel llew a disgyn yn ei hyd.

Roedd ei sbectol wedi cwympo ar y palmant, ond roedd y trwyn yn dal yn ei le—ac roedd ôl dannedd Mins arno!

'O-O!' gwichiodd Mins mewn braw.
'Mae'r dyn 'ma wedi 'nhwyllo i.

'Trwyn iawn yw hwnna, nid trwyn
ysbïwr.' A rhedodd e i guddio yn y
clawdd.

O'r clawdd fe welodd e Mam a Sali'n
neidio ar y dyn ac yn eistedd ar ei ben.
Gwelodd plismon nhw
a rhedeg ar ei union
i'w helpu.

'Da iawn, chi,' meddai'r plismon â'i wynt yn ei ddwrn. 'Sam Slic yw hwn. Lleidr yw e a fydden ni ddim wedi'i ddal e oni bai amdanoch chi'ch dwy.'

'Peidiwch â diolch i ni,' meddai Sali. 'Mins ddaliodd e.'

'Mins?' meddai'r plismon yn syn. 'Pwy yw e? Does neb arall 'ma.'

'O, oes,' meddai Sali. 'Gwyliwch hyn.'

43

Tynnodd Sali ddarn o bapur o'i
phoced a sgrifennu neges arno. Dododd
y neges ar y llawr.

Am eiliad ddigwyddodd dim byd. Yna,
o'r clawdd, gwibiodd trwyn bach a cheg
a fflach o ffwr brown. Agorodd y geg.

'Dyma fe!' gwaeddodd Sali—a chododd hi Mins oedd yn dal y neges rhwng ei ddannedd. 'Paid â malu honna, Mins,' meddai. 'Rwy'n mynd i'w dangos hi i bawb. Neges amdanat ti yw hi. Gwranda.'

Darllenodd
Sali'r neges.

yr ysbïwr
gorau yn y
byd yw
MINS
SBEI!!

Twt! Mae pawb yn gwybod hynna'n
barod, meddyliodd Mins yn hapus.
   Ac fe gnoiodd e'r neges yn ddarnau
mân.

LLYFRAU LLOERIG

Teitlau eraill yn y gyfres

Y Crocodeil Anferthol, addas Emily Huws
    (Cymdeithas Lyfrau Ceredigion Gyf.)
Ble mae Modryb Magi? addas. Alwena Williams (Gwasg Gomer)
'Chi'n bril bòs!' addas. Glenys Howells (Gwasg Gomer)
Merch y Brenin Braw, addas. Ieuan Griffith (Gwasg Gomer)
Newid Mân, Newid Mawr, addas. Dylan Williams (Gwasg Gomer)
Pwy sy'n ferch glyfar, 'te? addas. Siân Lewis (Gwasg Gomer)
Crenshiau Mêl am Byth? addas. Dylan Williams (Gwasg Gwynedd)
Dyfal Donc, addas. Emily Huws (Gwasg Gwynedd)
'Dyma fi – Nanw!' addas. Marion Eames (Gwasg Gwynedd)
Peiriannau Nina, addas. Siân Lewis (Gwasg Gwynedd)
Sianco, addas. Angharad Dafis (Gwasg Gwynedd)
Syniad Gwich? addas. Jini Owen a Brenda Wyn Jones (Gwasg Gwynedd)
Codi Bwganod, addas. Ieuan Griffith (Gwasg Gwynedd)
Y Fisgeden Fawr, addas. Nansi Pritchard (Gwasg Gomer)
Moi Mops, addas. Eirlys Jones (Gwasg Gomer)
Parti'r Mochyn Bach, addas. Urien Wiliam (Gwasg Gomer)
Pws Pwdin yn Cael Hwyl! addas. Gwenno Hywyn (Cyhoeddiadau Mei)
Smalwod, addas. Gwynne Williams (Gwasg Cambria)
Dannodd Babadrac, Irma Chilton (Gwasg Gomer)
Dannedd Dodi Tad-cu, Martin Morgan
    (Cymdeithas Lyfrau Ceredigion Gyf.)
Tad-cu yn Colli ei Ben, Martin Morgan
    (Cymdeithas Lyfrau Ceredigion Gyf.)
Teulu Bach Tŷ'r Ysbryd, addas. Delyth George (Cyhoeddiadau Mei)
Cemlyn a'r Gremlyn, addas. Jini Owen a Brenda Wyn Jones
    (Cyhoeddiadau Mei)
Popo Dianco, addas. Dylan Williams (Gwasg Gwynedd)
Nainosor, addas. Gwawr Maelor (Gwasg Gwynedd)
Gwibdaith Gron, Hilma Lloyd Edwards a Siôn Morris (Y Lolfa)
Zac yn y Pac, Gwyn Morgan a Dai Owen (Dref Wen)
Potes Pengwin/Tynnwch Eich Cotiau, addas. Emily Huws (Dref Wen)
Cofiwch Bwyso'r Botwm Neu... Mair Wynn Hughes ac Elwyn Ioan
    (Gwasg Gomer)
Briwsion yn y Clustiau, gol. Myrddin ap Dafydd (Gwasg Carreg Gwalch)
3x3 = Ych-a-fi! Siân Lewis a Glyn Rees (Gwasg Gomer)
Rwba Dwba, Gwyn Morgan (Dref Wen)
Mul Bach ar Gefn ei Geffyl, gol. Myrddin ap Dafydd
    (Gwasg Carreg Gwalch)
Yr Aderyn Aur, addas. Emily Huws (Gwasg Gomer)
Tŷ Newydd Sbonc, addas. Brenda Wyn Jones (Gwasg Gomer)
Pws Pwdin a Ci Cortyn, addas. Gwawr Maelor (Gwasg Gwynedd)
Nadolig, Nadolig, gol. Myrddin ap Dafydd (Gwasg Carreg Gwalch)
Ffortiwn i Pom-Pom, addas. Elen Rhys (Gwasg Gwynedd)

Penri'r Ci Poeth, addas. Elen Rhys (Gwasg Gwynedd)
Y Fferwr Fferau, addas. Meinir Pierce Jones (Gwasg Gomer)
Y Fflit-fflat, addas. Meinir Pierce Jones (Gwasg Gomer)
Ben ar ei Wyliau, Gwyn Morgan (Dref Wen)
Y Ffenomen Ffrwydro Ffantastig, Martin Morgan
　　(Cymdeithas Lyfrau Ceredigion Gyf.)
Tad-cu yn Mynd i'r Lleuad, Martin Morgan
　　(Cymdeithas Lyfrau Ceredigion Gyf.)
Y Llew Go Lew, Myrddin ap Dafydd (Gwasg Carreg Gwalch)
Chwarae Plant, gol. Myrddin ap Dafydd (Gwasg Carreg Gwalch)